Yves COURAUD

ECHAFAUDAGES

Nouvelles

© 2010, Yves Couraud

Edition : Books on Demand,
12/14 rond-Point des Champs-Elysées, 75008 Paris
Impression : BoD - Books on Demand, Norderstedt, Allemagne
ISBN : 9782810618217
Dépôt légal : Août 2010

*Pour Cécile
qui est d'ici et maintenant*

*Pour Basile & Bertille
et à leur vie future*

Du même auteur

Poèmes

Les Céciliennes (*Les Presses du Lys-1976*)
Memora (*Les Presses du Lys-1977*)
Les Chimères Intérieures (*Les Presses du Lys-1979*)
Cris d'Horizon (*Les Presses du Lys-1979*)
Etoiles et Tripôt *(La Presse à Epreuves-1982*)
Divergences (*La Lune Bleue, éditeurs-1986*)
Textes Poétiques 1974-2002 (Le Manuscrit.-2002)
Mush, *(D'Ici & d'Ailleurs-2009)*

Nouvelles

Huit Nouvelles d'Ailleurs *(Le Manuscrit-2001)*
Historiettes *(B.O.D – 2009)*

Romans

Demain Paradis (*Éditions du Cavalier Vert-1997 et B.O.D – 2009)*
Une Ecriture Américaine (*Ed du Cavalier Vert-1999 et B.O.D – 2009)*
Cinq Siècles *(Éditions du Cavalier Vert-2001)*
Le Guerrier Souriant *(Ed du Cavalier Vert-2004)*

Théâtre *(avec Arnaud DEPARNAY)*

Transhumances (TheBookEdition – 2010)

Un héritage

1ère partie

12 septembre 2009

Sacrifier à la tradition britannique de la tonte du gazon m'a toujours causé une fatigue morale subite. Mon humeur noircissait à vue d'œil lorsque le téléphone sonna. Sauvé pour quelques minutes, je décrochai.
- *Oui*
- *Maître Jalabert à l'appareil, je suis bien chez monsieur Molotov, Raoul Molotov ?*
- *Lui-même. C'est à quel sujet ?*
- *Un héritage, monsieur, et qui se trouve être relativement important.*
- *Un héritage ? De qui ? Je n'ai pas de famille à ma connaissance.*
- *Cela ne m'étonne pas, monsieur Molotov. En vérité, vous n'héritez pas de quelqu'un de votre famille. C'est....disons plutôt inhabituel, voire même spécial...*
- *Spécial ? Dites m'en plus.*
- *Non, pas au téléphone. De toute façon, il est impératif que nous nous rencontrions pour les formalités, si toutefois vous acceptez cet héritage. Et ses conditions.*
- *Les conditions? Quelles conditions ?*
- *Je ne peux vous en dire plus, Monsieur Molotov. Nous devons prendre rendez-vous à mon étude.*
- *Qui se trouve ?*

- En Thiérache, près de la frontière belge. Vous connaissez ?
- Un peu. Il y a quelques mois, j'ai passé plusieurs jours dans la région pour une enquête sur des morts en série.(1)
- Oui, oui, je suis au courant, la personne qui a fait de vous son légataire universel a suivi cela de très près et m'en a parlé avant de mourir.
- Légataire universel ? Et il me connaissait ?
– Oui, Monsieur Molotov. Pas il, elle. Mais revenons à notre rendez-vous...

Nous avons convenu de nous voir le lundi de la semaine suivante, le matin. J'étais dubitatif. Qui pouvait donc vouloir me léguer un héritage, et pourquoi ? Et sous quelles conditions ? J'ai fini par me servir une bière, assis sur l'herbe face à la tondeuse. Décidément, ce n'était pas un bon jour pour le gazon.

***

14 septembre 2009

La route serpente au cœur d'une forêt dorée par un début d'automne. Les arbres ont délaissé leurs feuilles qui tapissent l'asphalte d'une croûte molle et glissante. On ne vantera jamais assez la souplesse d'un six cylindres, son velouté puissant qui permet une conduite décontractée et précise même quand la route prend l'aspect d'une planche savonnée. On pose les pneus là où l'on veut, d'une caresse sur le volant et l'accélération qui s'ensuit stabilise définitivement la voiture sur sa trajectoire. Les quelques centaines de kilomètres parcourus depuis très tôt ce matin ont passé très vite, le plaisir de conduire se mêlant à de longues réflexions sur l'objet de ma visite à ce notaire de campagne. Plus j'approche du but, moins j'ai de réponses aux questions posées depuis ce fameux coup de fil. La forêt fait place au bocage, damier de pâtures séparées les unes des autres par des haies à l'air farouche. Plantées là par le temps et par les hommes, teigneuses face au vent et à la pluie, elles semblent indéracinables, posées une fois pour toute au profond de cette terre d'argile. La dernière pâture vient lécher les soubassements en briques de la première maison du gros bourg où j'entre enfin. Face à l'église, une bâtisse imposante avec, accrochée sur le mur, une plaque d'un bronze terni par les ans: *Maître Jalabert, notaire.*

***

- Irina Komarov-Chotakine, princesse de Poulianka, né à Kazan en 1921, décédée en France, à Paris, il y a dix jours, à l'âge de

quatre-vingt huit ans. C'est elle qui vous lègue un château sur les bords de la Volga -quarante quatre pièces sur vingt-deux hectares- un appartement à New-York, au vingt quatrième étage d'un building construit voici une vingtaine d'années, une ferme à l'abandon du côté de Verdun et un ravissant jardin japonais et sa maison de papier dans la campagne au sud de Tokyo. Pour entretenir tout cela, elle vous fait l'héritier de l'ensemble de ses liquidités détenues dans cinq établissements bancaires, en France, en Suisse et en Allemagne. Pour un montant avoisinant les dix millions d'euros.

Estomaqué par la nouvelle, je garde la lippe pendante.

– *Ce qui fait de vous un homme riche. Ou presque. Il faut d'abord que vous acceptiez cet héritage...et les conditions qui l'accompagnent.*

Incapable de la moindre parole, je remue la tête pour tenter d'exprimer ma stupéfaction.

– *Oui, je sais, ce genre d'annonce laisse sans voix. Je vais donc vous lire le testament d' Irina Komarov-Chotakine, et principalement les conditions, ou plutôt la condition qui pourrait faire de vous, si vous l'acceptez, l'homme riche dont je vous parlais tout à l'heure.*

Avec un calme qui tranche d'avec mon

ébullition intérieure, le notaire me lit le testament. Il hésite cependant en égrenant les quelques lignes qui stipulent la condition. J'ose croire qu'en les lisant, il a frémi imperceptiblement. Je n'ai pas frémi, je suis vide et rempli, et je pense: pourquoi moi ?

L'homme au bâton ferré

3 décembre 1144

Le fer du bâton de houx résonne clair sur les cailloux du chemin qui émergent de la boue glacée. La nuit de décembre est tombée depuis deux heures déjà sur la forêt d'Ardennes, seulement trouée par les pâleurs de la lune. L'homme marche vite, porté par un pas puissant et régulier, entouré d'un halo de buée qui givre une barbe drue. Sous la cape de laine, on devine un corps rompu à l'effort, des muscles souples et une volonté farouche tendue vers un but connu d'elle seule. Deux ombres basses surgissent brusquement à dix mètres du voyageur. Les loups le suivent à distance depuis quelques kilomètres, attendant l'instant propice à l'attaque. Mais la faim est trop forte et le mâle gris a décidé, il rampe presque maintenant vers la forme debout qui lève son bâton:
- *Non frère loup, pas ce soir. Mon heure n'a pas encore sonné. Je ne suis ni ton gibier ni ta proie.*

La voix forte fige le fauve qui hésite. La forme n'a pas peur, il le sent. Elle ne fuit pas comme c'est toujours le cas. Au contraire, elle approche, la main nue tendue vers lui, elle approche à le toucher. La femelle a compris qui fuit vers la sécurité de la forêt, mais lui il se sent incapable de bouger, d'échapper à la main qui approche, qui se pose maintenant sur son cou, sur sa tête. Il se détend, surpris par la douceur de cette caresse dont il ne connaît rien. L'odeur est forte, un mélange de sueur et de fumée, l'odeur de l'homme. Le loup a relevé son muscau, et lentement il lèche cette main étrangère et amie.

***

Le frère portier rote avant d'asseoir sa carcasse de bœuf sur la paillasse de sa cellule. Qui peut ainsi le réveiller à cette heure, en pleine nuit d'un mois de décembre que de mémoire de moine on n'a jamais connu si froid ? Il rote encore, frottant de sa main noire et calleuse un estomac trop remplie de cette bière dont il a abusé ce soir en cuisine. En maugréant, il se dirige vers la double porte qui les protège du monde et entrouvre la grille du parloir.
- *Qui va là à cette heure ?*
- *Préviens ton abbé que maître Horace est là et qu'il veut s'entretenir de suite avec lui!*
- *Mais notre abbé dort et...*
- *Alors réveille le et ouvre cette porte avant que la colère ne me prenne !*

La voix n'appelle aucune contradiction et le frère portier s'exécute. D'un geste ample, le visiteur se débarrasse de sa cape et foudroie le

moine:
- *J'ai faim et soif. Donne moi de quoi me rassasier et va dire à l'abbé que je l'attends ici. Cours!*

Terrifié, le moine réapparaît quelques minutes plus tard en serrant une miche et du fromage.
- *Voilà seigneur....*
- *Du vin, je veux aussi du vin!*

Le pichet survient aussi vite que le pain.
- *Voilà des miracles comme je les aime. Va et annonce mon arrivée. J'attends!*

***

- *Tu bailles quand tu me vois, l'abbé...c'est peu flatteur pour moi !*
- *Pardonne mon impudence, maître Horace, mais j'ai travaillé fort tard hier au défrichage de la clairière. Mes frères et moi sommes sur le point de poser la première pierre des nouvelles écuries de la chartreuse. Ici, au Montdieu, la vie est bonne mais dure.*
- *Tu es tout pardonné Haimon. Je connais ton courage et ta foi. C'est d'ailleurs pour cela que je suis ici. Envoyé par Bernard.*
- *Bernard ? Tu as rencontré Bernard ? Et il t'envoie ici ! La chose doit être d'importance !*
- *En effet. Mais importance n'est pas le mot juste. Sidérante serait plus exact.*
- *Sidérante ?*
- *Oui, mais assied toi et écoute moi. Ne*

m'interrompt pas, quoi que tu puisses entendre, écoute moi comme si c'était Bernard qui te parlait. Après tu pourras hurler ou prier...
- *Mais...*
- *Non, tais-toi, prend ce vin, bois-le et écoute !*
Le visage de l'abbé trahit une angoisse lourde quand il porte le gobelet à ses lèvres. Puis il se ressaisit. Plongeant ses yeux dans le regard du moine, Horace commence.
- *Tu n'es pas sans ignorer cette légende qui raconte qu'il y a fort longtemps, une étoile est tombée du ciel, ici à Montdieu, dans le bois qui longe l'abbaye. Or, j'ai la certitude aujourd'hui que ce n'est pas une légende. Bernard a en sa possession d' anciens écrits où il est dit qu'un trait de feu est apparu dans le ciel et que ce feu s'est écrasé sur la forêt, déclenchant un incendie qui dura des semaines. Quand les flammes furent devenues des cendres, les hommes d'alors trouvèrent un cratère au fond duquel gisait une pierre ou ce qui leur sembla être une pierre. L'un deux, plus courageux ou plus fou que les autres descendit voir de plus près, armé d'un bâton. Ses compagnons le virent lever le bras et frapper de toutes ses forces sur la pierre. Un son métallique résonna dans le cratère, un son qu'aucun d'entre eux*

n'avaient jamais entendu. Il est écrit aussi qu'au moment où l'homme frappait, il disparut comme par enchantement dans un nuage de fumée. Pris de terreur, ils s'enfuirent tous et l'endroit redevint sauvage, marqué d'un interdit absolu. La Tradition prétendit que quiconque se rendrait dans cette partie de la forêt se verrait transformé en fumée. Au cours des siècles, la nature a repris ses droits, la forêt a repoussé et à part quelques érudits comme toi, plus personne ne se souvient de cette légende. Voilà pourquoi Bernard m'a demandé de venir te voir.

- *Pardonne-moi, maître Horace, mais je ne vois rien de sidérant dans cette histoire. Je connais cette légende en effet, mais j'ignorais qu'elle était consignée dans des écrits anciens. Pour moi, tout cela est fort simple, il s'agit non pas d'une étoile mais d'un météore. De grands savants antiques ont décrit de tels phénomènes.*

- *Tu dis vrai, l'abbé. Mais ici point de météore, point de pierre. Ici, la chose est faite de métal et de plus, elle est.....creuse.*
- *Creuse ? Comment cela ? L'as-tu vue ?*
- *Oui.*
- *Mais encore ?*
- *J'ai vu le dehors, et j'ai vu le dedans.*
- *Le dedans ? Tu l'as ouverte ?*

- *Non. ON m'a ouvert.*

***

L'ordre de Bernard avait été formel: les moines de Montdieu devaient construire sous les caves de la chartreuse une salle suffisamment grande et confortable pour accueillir des visiteurs et permettre à Horace de les attendre. Longtemps. Très longtemps. A l'arrière de la salle, ils devaient paver la terre battue de façon à ce que le sol puisse soutenir le poids d'un objet lourd pendant de longues années. Bernard leur donnait cinq mois pleins pour réaliser la pièce. Et personne, jamais, ne devrait en parler, ni même simplement l'évoquer, sous peine d'excommunication. Quand Maître Horace se tait, Haimon tremble encore. Il a la force de déglutir sa salive mais aucun son se sort de ses lèvres asséchées.

- *Maintenant tu peux parler, Haimon. Tu es en droit de me poser toutes les questions qui t'agitent.*
- *Une seule, Horace. Une seule. QUI t'a ouvert la...chose de métal ?*
- *Personne en chair et en os. Mais elle était habitée, je le jure. Je sentais sa présence jusque sur les poils de ma peau. Mais je ne vis rien...aucune parole non plus, mais une force telle que j'ai compris ma faiblesse*

d'homme.
- *Était-ce...Dieu ?*
- *Non, ni dieu, ni diable. Une force vivante mais que je ne pouvais voir, seulement la sentir. Mais j'ai su que contrairement à ce qui est dit dans le dogme, nous n'étions pas les seules créatures de l'univers. Et Bernard aussi le savait. Voilà pourquoi, tout ceci doit rester secret. A partir d'aujourd'hui, Bernard, toi et moi, nous sommes des hérétiques.*

***

30 avril 1145

Les travaux de maçonnerie et d'aménagement touchaient à leur fin. Les moines avaient creusé à trois mètres sous la cave principale une salle de douze mètres de longueur sur sept mètres cinquante de largeur. Ils avaient dallé le côté sud de ce rectangle parfait en prenant soin de solidifier ce dallage à l'extrême en prévision d'une lourde charge à supporter. Chaque pierre plate était jointe avec précision à sa voisine, ce qui donnait à l'ensemble une surface rigoureusement plane. A l'avant de la pièce, une table de chêne, deux bancs et un gros coffre se partageaient l'espace avec plusieurs châlits destinés au repos. On accédait du dehors par une large brèche dans la muraille

qui serait maçonnée plus tard. Aucun des quatorze moines du lieu n'osa poser de questions. Haimon leur avait ordonné ces travaux comme une mission voulue par Bernard et les avaient adjurés de garder le silence sur ce qu'ils faisaient et ce qu'ils verraient. Maître Horace et Haimon les réunirent ce matin du 30 avril et leur firent préparer le char à bœuf qu'ils renforcèrent. Plusieurs longs chevrons de chêne et deux gros madriers y furent stockés. Les quatre bêtes durent tirer plus fort que d'habitude pour décoller l'attelage, suivi des moines, d'Horace et du prieur. Ils cheminèrent peu de temps pour arriver dans la forêt proche; Horace fit un signe de la main:
- *Ici, c'est ici que nous arrêtons. Frère Guillaume, fais tourner tes bœufs sur le chemin. Ils doivent être prêts à repartir.*

Le moine exécuta la manœuvre avec habileté et s'adressa à Horace:
- *Maître Horace, puis-je te demander ce que nous allons transporter ?*
- *Quelque chose que tu n'as jamais vu et que tu devras enfouir au profond de ta mémoire, sous peine d'être damné pour l'éternité. Toi, et les frères ici présents. Souvenez-vous, vous devez tous garder et porter ce secret jusqu'à votre dernier souffle. C'est la volonté de Bernard. Elle*

doit être strictement respectée. Je ne peux vous en dire plus. Moi-même, j'ignore quelle est la chose que vous allez voir, je ne sais d'où elle vient. Je sais seulement que nous devons la mettre en sécurité dans la salle pavée. D'autres questions ?

Le silence répondit à Horace. Il parla d'une voix sourde:

- *Nous allons entrer dans la forêt. Près d'ici se trouve un grand creux dans le sol. Il faudra creuser pour dégager la chose et la ramener au char. Prenez vos pioches, vos pelles et des cordes. Ainsi que les chevrons. Allons-y.*

Horace s'arrêta quelques mètres plus loin et bifurqua sur sa gauche. Quelques pas plus loin, ils se trouvèrent face au creux dont il avait parlé. Il s'avança, dégageant avec vigueur d'épais paquets de broussailles. Un dôme de métal apparut. Sur un signe, les moines s'approchèrent, hésitants. Horace verrouilla son regard sur eux, il brûlait de volonté et d'autorité.

- *Creusez, nous devons rentrer avant complies* (2).*Creusez de toute la force de vos âmes et de vos bras.*

Les religieux s'exécutèrent avec discipline, et la chose fut bientôt entièrement dégagée. Toute de métal et ronde, sans aucune aspérité, on aurait dit une grosse bille de trois mètres de diamètre, d'une couleur indéfinissable qui oscillait entre le gris et le bronze. Tous regardaient la sphère, incapables de la moindre explication. Horace positionna quatre chevrons à sa base, les réunissant entr'eux par des liens de chanvre. Il recommença la même opération pour obtenir cinq cadres de bois. Il les ajusta en formant autour de la sphère les arêtes d'un cube auxquelles il fixa solidement les longues cordes.

- *Quatre hommes tireront sur la corde de droite et quatre sur la corde de gauche. Trois pousseront sur le chevron de droite et trois sur le chevron de gauche. La sphère roulera, en étant retenue par le cadre de bois. Nous l'amènerons au char de cette façon. L'essentiel est d'y mettre votre force en même temps, à mon ordre. Je crois en vous mes frères. Prêts ? Tirez !*

Le chêne du cadre couina sous la tension au moment où les bras se tendirent. L'effort continu des hommes se prolongea jusqu'à ce que la sphère fut sortie de son ornière. Enfin, ils soufflèrent. Ils furent au char en moins d'une heure, harassés. Horace et Haimon bloquèrent les deux madriers sur la structure du char, en pente douce. Les moines avaient compris et ils se placèrent pour tracter une dernière fois la sphère qui roula sur le plateau.

- *Merci mes frères. Votre courage n'a d'égal*

que votre grandeur d'âme. Merci pour cet effort. Rentrons maintenant.

La sphère fut posée à l'endroit qui convenait et la brèche de la muraille comblée. Le soir même, Horace s'adressa à Haimon:

- *Ta mission et celle de tes moines sont remplies.*
- *Que devons-nous faire maintenant ?*
- *Oublier tout cela, et prier. Prier pour le salut de nos âmes et la grandeur de Dieu.*
- *Prier, soit. Cela est ma vie. Mais oublier ! Comment oublier ?*
- *En te disant à chaque instant que cet oubli est ta charge et ton devoir et que tu es condamné à y parvenir. Au nom du Tout Puissant, au nom de Bernard, au nom de l'humanité, celle du présent et celle du futur...*

Haimon resta étrangement calme bien que livide. Trouvant enfin la force en lui, il susurra à Maître Horace:

- *Je promets, en mon nom et au nom des frères de l'abbaye. Le silence sera notre conduite.*

Horace, les larmes aux yeux, posa la main sur l'épaule du moine dans un geste d'une infinie douceur.

- *Adieu, Haimon. Je serai si près de toi, et si loin...*

***

Nuit du 30 avril au 1er mai 1145

Les griffes entament à peine la trappe juste suffisante pour laisser passer un homme. De rage, le loup gris mord le bois sans plus de résultats. Dépité, l'animal s'en retourne vers la forêt le flanc bas quand une odeur sacrée le fige. Ses yeux discernent l'homme près de la trappe, il a la main tendue, la main qui l'appelle.
- *Tu veux donc me rejoindre frère loup ? Est-ce ta place ici ?*
La bête fait dix pas, puis vingt autres. Son museau flaire ces doigts qui ne tremblent pas. D'un mouvement souple, il vient placer la tête sous la main d'Horace.
- *Bien, tu as choisi.*
D'un bond, le loup s'engouffre dans la trappe avec un grognement joyeux.

Il neige

Mi- avril 1615

Il neige. Des pétales de cerisier. Le vent les distribue avec nonchalance à la terre. Minoru attend. Son ventre est serein, libéré de la peur à venir. Les trois ronins (3) qu'il distingue loin vers le sud ont la charge de représenter leur école lors de ce combat d'honneur. Le sabre aussi est calme. L'acier niché dans le fourreau, il attend l'heure du sang. Sans peur et sans haine. Minoru revoit en esprit toutes les techniques apprises, les coupes, les feintes, les parades, les déplacements de pieds. Il sent monter en lui le désir du combat, il attend ce moment où son esprit, sa technique et son corps ne feront plus qu'un face à l'adversaire. A cet instant là, surtout, ne plus penser, car penser ce serait mourir. Minoru respire profondément, les yeux mi-clos, puis il se détend et observe quelques fourmis charriant des pétales comme s'il s'agissait d'un trésor inestimable. A vingt trois ans, il a déjà connu le chaos du champ de bataille et il ne craint pas la mort, pourvu qu'elle soit honorable, le sabre à la main. Le maître du Dojo (4) lui a fait l'honneur de le choisir pour démontrer leur art face une école rivale. Ces échanges, fréquents à l'époque, se terminent souvent par la mort d'un des budoka, voire même, s'ils sont de

force équivalente, par leur mort simultanée. Minoru étudie Aiki In Ho Yo, le célèbre art du combat du clan Takeda, depuis une dizaine d'années et il a obtenu l'année précédente le Menkyo, diplôme qui reconnaît sa maîtrise dans les dix-huit techniques de budo qu'un samouraï se doit d'intégrer. Outre le sabre, il excelle dans le tir à l'arc, l'équitation, la hallebarde, la lutte, la lance... mais aujourd'hui ses adversaires appartiennent à un ryu[5] redoutable et il lui faudra se surpasser. Le crissement des pas sur la terre sèche le sort de sa méditation. Les trois bushis lui font face et le saluent avec cérémonie. Il se lève et les salue à son tour. Celui qui semble le plus âgé se détache du groupe:
- *Je suis Kenji Icheda, et voici Taishou Yishita et Riku Takahashi.*
- *Mon nom est Minoru Yoskikawa de l'école Aiki In Ho Yo. Je vous salue respectueusement.*
- *Nous te saluons également. C'est un honneur pour nous de te rencontrer. Cependant, le senseï [6] du dojo Katori Shinto Ryu souhaite adresser un message à ton maître. Il l'invite à laisser les lames au fourreau et reconnaît que nos deux écoles sont l'une et l'autre anciennes et prestigieuses. Il ajoute que la mort de l'un d'entre nous est une perte pour nos écoles*

respectives, d'autant plus qu'aucun différent ne nous oppose. Le senseï propose de réserver notre énergie et notre force à l'affrontement de nos ennemis communs. Il est est persuadé que ton maître, dans sa grande sagesse, acceptera que nous nous rencontrions autour du saké plutôt que dans un duel à mort.
- *Dès mon retour au dojo, j'informerai mon maître de ton message. Votre Senseï parle avec son cœur et je suis persuadé qu'il acceptera sa proposition. Le sang ne coulera pas aujourd'hui.*

La tension palpable dans l'air s'efface quand les quatre hommes s'assoient sur leurs nattes et partagent l'alcool de riz et des boulettes de riz, les onigiri. Tard dans l'après-midi, Minoru reprend le chemin du dojo, l'humeur légère, satisfait de la tournure des événements. La vue des toits du village de Takeda pressent son pas tant il a hâte d'annoncer la nouvelle au maître.

***

Assis en seiza face à lui, le maître sourit:
- *Cela est fort honorable et montre combien le senseï du Katori a compris l'art du combat, en ce sens que le plus beau des combats, c'est l'absence de combat.*
- *Dois-je lui porter moi-même le message ?*

- Tu partiras demain à l'heure du lièvre (7). Va te reposer.

L'aube tire Minoru d'un sommeil paisible et profond. Kimiko, la servante du maître lui apporte du thé, du riz et le message enroulé dans un tube de bambou. Une lanière de cuir fin permet de le porter en bandoulière. Le jeune samouraï glisse ses deux sabres dans son obi (8) et sort. Des nuages noirâtres que le vent pousse sans ménagement annoncent de la pluie pour la journée, ce qui ne trouble pas Minoru. Le vent et la pluie font partie de la vie, rien ne sert d'en prendre grippe. Seule sa mission compte. Avec ce message, une nouvelle ère pointe à l'horizon et il en saisit toute l'importance. Les rapports entre les clans, les écoles ou les grandes familles allaient se modifier, laissant place au dialogue plutôt qu'au combat. La période des grandes guerres n'est plus qu'un souvenir et sous le nouveau shogunat des Tokugawa, la paix s'installe dans le pays. Minoru dépasse les portes du village et marche droit au nord. Très vite, il aborde les premiers contreforts de la montagne et le sentier escarpé ne tarde pas à devenir glissant. Un grondement sourd éclate au-dessus de lui, plus haut dans la montagne. A la pluie qui redouble se mêle l'orage, et des zébrures bleutées déchirent le ciel. Le chapeau en paille de riz qu'il a pris soin d'emporter ne le protège presque plus. Il s'en débarrasse en le lançant dans le vide qui borde le flanc de la montagne. Une rivière impétueuse, grossie par l'eau du ciel roule au fond du précipice. Minoru connaît le chemin et il sait qu'il lui faudra traverser l'abîme sur un pont de bambou et de cordes tendu sur la gorge, à près de cent mètres au-dessus des flots. Il atteint l'endroit plus tard dans la matinée et prudemment, il vérifie la solidité des cordages en secouant le pont. Une énorme chaîne de fer enserre les premiers poteaux du pont et vient s'accrocher à la paroi, dégageant une impression de solidité. Sans crainte, Minoru s'engage, tenant fermement la chaîne. L'éclair qui frappe les maillons de métal le projette sur la rampe de cordes qui cède sous la violence du choc. Il bascule d'un bloc vers le vide et l'eau...

Le temps s'est suspendu, à ses oreilles ne parvient plus que le léger chuchotement du vent. Il se sent porté, reposant sans consistance sur l'air. Suis-je mort, songe-t-il ? Il ne reconnaît ni la rivière, ni la montagne, l'orage a cessé et la pluie fait place à la tiédeur d'un soleil d'avril. Deux kamis (9) *de la montagne l'emportent il ne sait où, mais l'heure est douce. Il ferme les yeux.*

Le quadrille de la grenade

17 juillet 1916

Elle est arrivée en dansant, rebondissant sur l'air comme un chamois sur ses rochers, sa peau glacée sifflant fort au soleil de midi. Midi, juste moitié du jour, rasoir immuable qui tranche la lumière d'un clair matin pour l'adoucir et l'amener au soir, aux brumes sombres de la nuit. Elle est arrivée à midi, midi pile sonnant au loin, les douze coups vibrant lourd sur le clocher stupide qui se moque des hommes et qui se moque des guerres. J'ai le temps d'apercevoir le quadrillage régulier de sa surface, la courbe douce de son corps, le trou béant de la goupille disparue. Elle m'arrive avec force, sûre de la nuit qu'elle apporte, brisant mes éclats de jour dans un tonnerre d'acier. Je la vois qui s'écrase, roulant sur l'herbe pour se caler contre une taupinière. Pas d'explosion, juste un chuintement puis le silence. C'est mon jour, pas celui de mourir. Je ris à en hurler, le pantalon trempé me collant à la peau. C'est alors que je réalise que le type qui l'a balancée n'est pas très loin, qu'il m'a peut-être dans son viseur, qu'il doit jurer sur ces putains de grenades humides. Je me jette à plat ventre et je rampe à toute allure vers la tranchée. Tous les copains sont là, ils m'encouragent, crient et gesticulent au bord du parapet. Une balle me siffle au ras des cheveux, puis une seconde. J'ai senti la brûlure sur la peau de mon crâne, juste une estafilade. Un mètre encore et des mains m'agrippent sans douceur pour m'attirer dans le boyau, à l'abri. C'est à ce moment là qu'elle explose, loin derrière moi, seule et inutile. Les gars tirent plus fort et le remblai cède d'un coup, me précipitant sur le sol de la tranchée, juste à l'endroit où gît une herse barbelée sur laquelle je m'empale. Je n'ai pas mal. J'ai juste l'impression d'un départ vers des contrées secrètes.

***

29 juin 1916

Dans ses yeux d'amande verte, tout s'est soudain embrumé. Sa main s'est accrochée à ma vareuse pour me retenir mais le train tremblait déjà sur ses rails.
- *Reviens vite, j'ai tant besoin que tu reviennes...*
- *L'endroit où je suis affecté est calme en ce moment. Je ferai attention. Je te le jure.*
- *Non, n'y va pas, n'y va pas. Reste. Là-bas tu vas mourir, je le sens...*

Elle avait crié si fort que les copains assis sur les bancs du wagon s'étaient tous tus soudainement.

- *Je n'ai pas envie de mourir et je t'aime fort ma belle!*

Elle courait presque à côté du train en tendant le bras vers moi, mais la locomotive accéléra, l'abandonnant en pleurs sur le quai. La campagne défila derrière la vitre, nous laissant tous dans un silence oppressant. Un caporal à moustaches me lança:
- *C'est ta femme ?*
- *Non. On s'est rencontré hier, je ne connais pas son nom et elle ne connaît pas le mien. Je sais juste qu'elle habite derrière la fonderie. On ne se connaît pas, mais c'est comme si on se connaissait depuis mille ans. Je la retrouverai un jour et on vivra ensemble.*
- *T'es amoureux toi dis donc ! Et comment ça se fait que tu lui aies pas demandé son p'tit nom?*
- *C'était pas nécessaire...*
- *Et toi, ton nom ?*
- *Je suis de l'assistance, j'en ai pas vraiment. Tu peux m'appeler Trouvé, c'est comme çà qu'ils disaient là bas.*
- *Trouvé ? En tout cas elle est bien belle ta dame. T'as de la chance malgré tout.*
- *Merci...*
- *Durandal, comme l'épée, c'est mon nom.*
- *Merci Durandal.*

Le voyage s'étira lentement entre les blagues

de Durandal et les quolibets que les hommes se lançaient entr'eux. La légèreté de leurs paroles cachait l'angoisse de retrouver le front, ce bout du monde qui vous plaçait à tout moment entre la vie et la mort. La plupart revenait de permission et tous avaient en tête ce sentiment que la femme aimée, leur famille ou leurs amis ne comprenaient rien à ce qu'ils vivaient dans les tranchées. On les fêtait comme des héros, ils n'étaient que des survivants en sursis. Rien ne servait de décrire la boue et le sang des copains, les cris ponctués par les rafales de mitrailleuses, **la peur**, la peur constante qui vous faisait pisser de trouille au bord du parapet, avant l'attaque. A chacun de leur mot, on leur répondait par des rires, par la grandeur de la patrie - quelle chance de se battre pour l'honneur et la gloire- et tous refermaient alors en silence la boîte intime de leur histoire. On buvait. On faisait semblant d'être brave pour sauver la face. Arrivait alors l'envie de revoir les camarades de combat, ceux-là pouvaient comprendre, même sans les mots. On buvait encore et puis on repartait, vide d'amour, prendre le dernier train.

- *T'as une idée de où on nous envoie, Durandal?*
- *Aux dernières nouvelles, l'état major regroupe des troupes dans la Somme, entre*

Albert et Chaulnes. Paraît que çà va chier. Ils veulent leur faire payer Verdun. A mon avis, çà va être dur. Des Anglais sont arrivés pour nous aider.
- *T'as peur, Durandal ?*
- *Peur ? Je ne sais pas vraiment. Peur ou pas peur, qu'est-ce que çà change. On n'a pas le choix, faut y aller. Si on déserte, on nous fusille pour l'exemple. Face au peloton, tu meurs à coup sûr, dans les tranchées t'as une chance...*

La logique de Durandal me fit du bien. Il avait raison, au cœur de la bataille, on a toujours une chance. Il suffit de la saisir. Et j'étais décidé à la saisir.

***

17 juillet 1916

J'ai vu Durandal tomber à trente mètres de moi. Quand il a voulu se relever, le claquement sec d'un Mauser l'a projeté sur une ligne de barbelés. Accroché comme un pantin, il bougeait encore et gueulait atrocement. J'ai rampé vers lui, je ne pouvais pas le laisser là, à mourir tout seul. Soudain, le silence. Les tirs cessaient. J'ai couru, courbé en deux, butant sans arrêt sur des ferrailles et des corps. L'explosion m'éclata les tympans à dix mètres de Durandal. Il avait disparu, à sa place un grand trou. Sonné, je n'ai pas pu pleurer, juste hurler son nom... Un souffle dans l'air m'a fait lever la tête. Elle arrivait, sombre et glacée. Droit sur moi. Une grenade.

***

Dans ses yeux d'amande verte, un soleil a brillé, effaçant ma douleur d'un rayon plein de vie. J'ai voulu lui parler, elle m'en a empêché d'un baiser lèvres douces.
- *Ne dis rien. Ils t'ont amené ici pour te soigner.*
Elle portait la coiffe blanche des infirmières et me serrait la main à la broyer.
-Ne me demande pas comment je suis arrivée ici. Je t'emmène. Dans un endroit que nul au monde ne connaît. Je t'emmène. Endors-toi.
Mon rêve s'est poursuivi dans l'eau de ses yeux clairs, mon rêve brisé de temps à autre par un cahot plus dur que les autres. Elle m'emmenait. Où et comment, elle seule le savait. J'ai dû rêver des nuits et jours. Et même encore quelques nuits. A mon réveil, j'étais ailleurs, sous une voûte de pierres, allongé sur un châlit de bois couvert de paille. Deux hommes me fixaient en silence. Deux hommes et un loup gris.

Échafaudages

21 mars 1988

Jack

La vie n'est plus pareille. Plus depuis qu'il est tombé vingt-quatre étages plus bas. Mon ami. Mon équipier. Mon partenaire d'altitude. La faute à un rivet mal placé. Il a voulu l'occire à la pince coupante pour en replacer un neuf, mais ce jour là, la poutrelle était glissante, il a tiré, le rivet a résisté, il a tiré plus fort, trop fort, et la tête en métal s'est cassée d'un coup. Dans l'élan, il a reculé, son pied a glissé, et pouf, il est parti. Il n'a même pas crié. Je l'ai regardé tomber, longtemps, par terre on aurait dit un chiffon qu'on aurait laissé tomber d'une poche et qui faisait un petit tas. Milton s'est écrasé sur le trottoir presque avec légèreté, vol définitif d'une âme au poids de plume. Milton. Lui qui gravissait les ossatures de fer avec la certitude du point sur le i, lui qui glissait de poutrelle en poutrelle, à cheval sur le vide et un sourire aux lèvres. En bas, un attroupement s'est rapidement fait, ils regardaient tous en l'air en faisant de grands gestes. L'un d'eux a soulevé d'une main ce qui paraissait être le pantalon bleu de Milton. Puis son tee-shirt blanc. Rien dedans. Pas de corps. Quand le moineau gris qui voletait autour de moi en piaillant s'est posé sur mon épaule, j'ai soudain tout compris, et j'ai souri à Milton.

***

Milton

J'ai su que la chute était inéluctable quand mon pied a glissé sur l'acier froid de la poutrelle. La vitesse et le vent m'ont grisé, je voyais la grande ville s'étirer sur des kilomètres de rues et de trottoirs, elle bouillonnait comme bouillonnaient les eaux de la rivière de mon enfance. L'image de mon grand père souriant s'imposa à mon esprit, rayonnant de lumière. Je l'entendis me dire « *appelle l'oiseau qui vit dans ton cœur* » et le défilement rapide des étages du building cessa. Je remontai à tire d'ailes vers le sommet de l'édifice en construction pour me poser sur l'épaule de Jack, mon équipier qui pleurait. Il m'a reconnu, c'est sûr et il sourit maintenant car avant d'être un oiseau, je suis Milton, un Mohawk (10).

***

Début octobre 1973

- *Ici, même les ours marchent sur la tête.*
C'est du moins ce qu'affirmait mon Grand-Père en m'indiquant du doigt un pic rocheux noyé dans les arbres. Ce coin des Adirondacks (11)

respirait la magie. Les feuillages d'automne viraient du brun au rouge en passant par des jaunes dorés d'une luminosité exceptionnelle. Autour de nous, tout n'était que beauté et luxuriance, une nature gavée par les eaux des torrents qui dévalaient les pentes en éclaboussant les innombrables variétés de fleurs qui tapissaient le sol.
- *Tu dis que les ours marchent sur la tête? Comment font-ils, Grand-Père ?*
- *Je voulais dire que les ours sont un peu cinglés par ici. Mais rassure-toi, ils marchent sur leurs pattes, comme tous les ours.*
- *Cinglés ? Pourquoi ?*
- *Parce qu'ils mangent cette petite baie rouge que tu vois dans ce buisson, et que cette baie te rend très joyeux si tu en manges beaucoup, et les ours sont gourmands. J'en ai vu un qui titubait et qui tournait sur lui-même en grognant. Ce jour là, j'ai pu prendre sa peau sans qu'il s'en rende compte...*

Grand-Père souriait en repensant à cette belle fourrure gagnée sans peine. Il ajouta:
- *Si je t'ai emmené avec moi aussi loin dans la forêt, c'est parce que l'heure est venue pour toi de rencontrer ton double animal. Nous les Mohawks, nous avons tous une vie dans un animal. Mon animal à moi,*

c'est la salamandre. Je peux sauter dans les ruisseaux et me transformer d'un seul coup .... Il suffit que j'appelle la salamandre qui vit dans mon cœur. Tu dois choisir ton animal aujourd'hui et le garder toute ta vie.
- *Mais comment le trouver ? Comment le choisir ?*
- *Ne t'inquiète pas, on va aller voir Un Œil, il habite dans les parages, c'est pour çà que je t'ai pris ce matin, et c'est pour çà qu'on est ici.*
- *Un Œil ?*
- *Oui, c'est un vieux Mohawk, le plus vieux de nous tous. Il sait beaucoup de choses, sur les hommes et sur les animaux. Il parle avec les esprits, il parle même avec les fleurs. C'est un grand sage. Il saura te dire quel est ton animal. Il faudra juste que tu l'écoutes, que tu ne dises rien et que tu fasses exactement ce qu'il te dit, sans poser de questions.*

La marche rendue plus difficile par les brusques déclinaisons du terrain commençait à me fatiguer. Je sentais mes muscles se tendre à chaque pas dans les montées et se raidir dans les descentes pour éviter de me laisser emporter par la vitesse.

- Ne pense pas à tes pieds, laisse faire. Tu deviendras léger comme la plume. Laisse faire

et marche comme si tu étais un caillou ou une feuille, comme si tu faisais partie de tout çà. Laisse faire mon garçon, ta fatigue s'envolera bien vite.

Je m'efforçai d'appliquer les conseils de Grand-Père. Difficile de ne pas penser aux creux et aux bosses, mais petit à petit j'y arrivai et comme par enchantement, je ne sentis plus mes courbatures. Grand-Père me jeta alors un coup d'œil satisfait et accéléra le pas. Je suivis sans peine. Nous débouchâmes sur une plate forme de roc qu'on ne pouvait apercevoir d'en bas. Un vieil indien, assis devant l'entrée d'une hutte de branchages dégustait un long cigare. Il nous salua d'un bref signe de tête, une lueur amusée dans l'œil. Son œil droit, le gauche laissant la place à une cicatrice de peau rougie. Je compris soudain pourquoi on l'appelait Un Œil...

- *Alors, tu m'amènes ton petit fils pour trouver l'animal ?*
- *Si tu l'en juges digne, Un Œil. Seulement si tu penses qu'il peut...*
- *Et tu n'as amené que le gamin ?*

Grand-Père souleva le coin de sa veste de chasse et sortit de la poche intérieure un flacon aux reflets dorés. Du bourbon.

- *Je goûte et je dis si les dieux sont d'accord.*

De sa bouche édentée, le vieux fit sauter le bouchon et s'envoya une rasade copieuse.

Sourire de contentement. Il tira une bouffée sur le cigare et me regarda. J'eus l'impression qu'il m'enfonçait la lumière de son œil au tréfonds de mon être.
- *Ça ira pour le petit.*
- *Merci, Un Œil. Et pour quel animal ?*
- *L'oiseau, le plus simple, un moineau. De toute façon, il a l'air d'un moineau.*

Un Œil partit alors d'un rire monstrueux qui gagna Grand-Père. Les deux se tordirent tellement fort qu'ils tombèrent sur la pierre en hoquetant.
- *C'est bon signe, ton petit m'a fait rire. Maintenant, c'est le moment...*
- *Tu es sûr de toi ?* dit Grand-Père soudain inquiet.
- *On n'est jamais sûr de rien avec les dieux...mais je crois que c'est bon...*
- *Alors vas-y.*

Un œil se releva et s'approcha de moi.
- *Tu vas appeler l'oiseau qui vit dans ton cœur, et appelle le vite...*

Il me saisit brusquement, me soulevant sans effort malgré sa maigreur et son âge. Il marcha vers la pointe de la plate forme rocheuse d'un pas ferme.
- *Appelle le vite !*

Et Un Œil me lança avec puissance dans le vide.

***

Mars-avril 1988

Jack

Le plus dur fut de convaincre le chat de Milton que le moineau sur mon épaule était son maître. Qu'en conséquence, interdiction de le croquer ! A plusieurs reprises, le matou tenta des approches meurtrières, mais à chaque fois, une claque sur la tête lui remit les idées en place. Un soir pourtant - cela faisait deux semaines que je ne sortais plus de chez Milton et mes provisions s'épuisaient – je dus me résoudre à sortir. Je laissai Milton dans une cage achetée par précaution et que je pendis au plafond de la chambre, porte fermée. J'en avais pour dix minutes, le drugstore n'étant qu'à deux pas. Le chat dormait sur un fauteuil d'un sommeil que je crus profond. Quand je rentrai les bras chargés de victuailles, il avait disparu de son fauteuil et la porte de la chambre grande ouverte me fit hurler. En entrant, plus de cage accrochée, elle avait roulé par terre, vide. L'estomac tordu, je jetai un œil de l'autre côté du lit. Le chat tenait l'oiseau entre ses pattes et lui léchait les plumes avec amour. Il avait reconnu Milton.

***

Milton

Début octobre 1973

J'ai cru mourir de peur. Le sol se rapprochait à une vitesse terrifiante. J'ai crié « *l'oiseau, l'oiseau* » et la cime des arbres m'est apparue soudain plus proche. Je me suis posé, le cœur battant, sur la dernière branche d'un sequoia géant. Je pouvais voir Grand-Père et Un Œil qui gesticulaient en bas en me faisant des signes. J'avais réussi. J'avais trouvé mon animal. Je m'envolai vers eux et me posai sur la main d'Un Œil. D'un souffle aux relents d'alcool, il me rendit ma forme humaine.

– *Le problème avec l'animal, c'est que tu peux devenir lui mais que lui ne peut redevenir toi sans mon aide. Tu es trop jeune. Il faudra que tu restes ici, avec moi. Je t'enseignerai la manière de redevenir humain. Si tu ne le peux pas, n'appelle plus jamais ton animal, sauf en cas de danger mortel. Mais tu demeureras animal. N'oublie jamais cela.*

***

Jack

Avril 1988

La lettre renfermait un billet d'avion pour l'Europe, aéroport de Bruxelles-Belgique, un chèque conséquent pour les frais du voyage et un texte signé par une certaine Irina, une princesse russe qui connaissait visiblement la situation dans laquelle nous nous trouvions Milton et moi. D'une écriture fine, elle m'expliquait que faire en débarquant à Bruxelles, m'indiquait un itinéraire précis qui aboutissait quelque part dans les Ardennes et terminait sa lettre en affirmant que serions accueillis sur place, sans préciser par qui. Tout çà m'étonnait bien un peu, mais depuis la transformation de Milton en oiseau, j'étais devenu philosophe et je pris ce courrier comme un signe. On guidait ma vie et je sentais qu'il fallait bien *laisser faire*. J'ai tout expliqué au chat et à l'oiseau en faisant ma valise. Ils n'eurent pas l'air plus contrarié que çà. Pas comme le préposé aux bagages de Kennedy Airport qui parut ahuri par la cage transportant un chat bien gras près duquel sautillait un moineau. J'ai laissé l'Amérique comme le serpent laisse sa peau, pour vivre une nouvelle vie.

Un héritage

2ème partie

14 septembre 2009

Maître Jalabert m'offre un magnifique cognac, un XO qui fleure bon le caramel dans sa robe cuivrée. Il me précise que cela va m'aider à entendre tout ce qu'il a à me dire et surtout ce que j'aurai à faire. Il commence:
- *La princesse Irina a acheté un certain nombre de résidences, appartement, maison ou château, dans plusieurs endroits du monde. Tous ces endroits ont en commun d'avoir vu vivre ou mourir des hommes, des êtres simples et exceptionnels, des êtres qui n'avaient jamais imaginé le destin qui les attendait...*
- *Elle connaissait ces hommes ?*
- *Laissez-moi tout vous raconter, Monsieur Molotov. C'est une histoire étrange, qu'un notaire, même le plus expérimenté, a quelque difficulté à intégrer...*
- *Excusez-moi, maître... continuez, je ne vous interromprai plus.*
- *Il faut savoir qu'Irina est une princesse. De ce fait, elle vivait assez recluse dans le château de ses parents, ne voyant que des gens de sa caste et cela rarement, compte-tenu de l'isolement du château, perdu à l'orée d'une immense forêt, non loin de la Volga, le plus grand fleuve d'Europe. Elle*

a dû faire appel à son imagination pour ne pas tomber dans l'ennui. Très jeune déjà, elle dévorait les livres de la vaste bibliothèque familiale, avec une prédilection pour les romans d'aventure. Elle a elle-même écrit plusieurs livres, jamais édités d'ailleurs. Elle pensait sans doute qu'ils ne le méritaient pas...Toujours est-il qu'à quinze ans survient l'événement qui va bouleverser sa vie. Son père, le prince Chotakine, embauche un nouveau jardinier. Il s'agit d'un sibérien, qui par l'excellence de son travail, transforme complètement les jardins et le parc du château où il cultive quantités de légumes et de fleurs, impossibles à obtenir normalement, du fait du climat rigoureux de cette région. Le prince en arrive à le surnommer « le magicien », tant les récoltes du potager sont abondantes et l'ensemble des végétaux du parc, arbres compris, se développent harmonieusement...

- *Un Sibérien à la main verte ? Excusez-moi, continuez...*
- *En effet, on peut dire cela. Mais c'est Irina qui va découvrir le secret de cet homme. Lors d'une promenade dans le parc, elle le surprend à genoux devant un parterre de fleurs fragiles. Il caresse chacune d'elle*

avec amour et surtout, il leur parle...
- *Il leur parle ? Pardon...*
- *Oui. Ivan, puisque c'est son nom, raconte alors à la jeune fille qu'il a le don de communiquer avec les végétaux et qu'il entretient avec eux une relation qui défie la raison. S'il disait cela ouvertement, on le croirait fou...Mais Irina le croit, elle le croit tellement qu'elle lui demande comment cela est possible...Après quelques hésitations, Ivan décide de transmettre à la princesse la vision du monde et de la nature qu'ont les peuples du Nord de la Sibérie. Irina est bonne élève, en peu de temps, elle apprend quantité de choses et développe elle-même des capacités un peu particulières...notamment le ressenti d'événements à venir. Curieuse, elle se met à étudier ce qu'on appellerait aujourd'hui les neurosciences et s'intéresse à la psychanalyse. Elle se plonge dans le travail, cherchant une unité dans son soin de comprendre le monde. C'est à ce moment, elle a alors dix-huit ans qu'elle axe ses recherches sur la mémoire et sur la façon dont elle fonctionne.*
- *Elle travaille seule ? Fréquente-t-elle des savants, des chercheurs, des universités ?*
- *Au début, recluse dans son château, elle lit tout ce qu'elle trouve sur le sujet. Mais très*

vite, le besoin se fait sentir pour elle d'approfondir ses connaissances. La guerre qui éclate lui donne l'occasion de partir loin de son pays. Le prince a décidé d'émigrer aux États-Unis, d'autant plus que le régime soviétique, qui les a laissés tranquilles jusque là, commence à s'intéresser à eux. Ils partent, on peut même dire qu'ils fuient et débarquent à New-York en septembre mille neuf cent trente neuf. Quelques jours après la mort de Freud. Irina y verra d'ailleurs un présage de sa vie à venir. A partir de ce moment, elle fréquente des universités prestigieuses comme Yale, où elle étudie les beaux arts et l'architecture, considérant que ces deux branches ont un lien étroit avec la mémoire. Plus tard, vers mille neuf cent cinquante-deux, elle intégrera l'École de Palo Alto, en Californie, où elle effectuera des recherches en psychologie et en cybernétique...
- *Impressionnant. Mais quels rapports avec moi ?*
- *J'y arrive, Monsieur Molotov. A Palo Alto, Irina s'éprend d'un jeune chercheur avec lequel elle a un enfant, un garçon. Mais le couple se sépare en mille neuf cent soixante-douze et Irina décide de rentrer*

en Europe, sans son fils qui vient de se marier avec une jeune femme d'origine norvégienne qui désire retourner dans son pays. Elle s'installe alors à Paris. Toujours obsédée par la mémoire, elle se consacre à l'étude des livres d'heures du moyen-âge et des manuscrits anciens, notamment ceux des moines. Elle tombe par hasard (selon elle, ce n'est pas un hasard) sur les manuscrits de l'ancienne abbaye de Montdieu, dans les Ardennes Belges. Sans prévenir personne, elle quitte son appartement parisien et disparaît pendant de longs mois. Aucune nouvelle d'elle. On la croit morte ou disparue...et elle réapparaît soudain, transformée. D'une personne sans cesse en mouvement, elle est devenue d'un calme extraordinaire, comme si elle était apaisée. C'est le cas, d'ailleurs puisqu'elle m'a confié que ce voyage lui avait donné la clef de sa recherche, plus même, le vrai but de son existence.

- *Cette histoire est passionnante, maître, mais comment...*
- *J'y viens. Irina m'a contacté pour la première fois il y a cinq ans. Elle m'a dit vouloir faire de moi son notaire attitré, son exécuteur testamentaire et son confident. Sa fortune étant confortable, elle me*

*rétribuerait mes services de façon convaincante. J'ai été convaincu. Pas seulement par l'argent, le personnage était séduisant, drôle, infiniment humain...et d'une profondeur rare. Notre connivence a été immédiate, mais je sentais bien qu'elle avait toujours une longueur d'avance sur moi, et ce dans tous les domaines. Un jour, elle m'a parlé de ses recherches et de ce fameux but de son existence. Sans me dire ce qu'elle avait pu voir ou rencontrer lors de son voyage à Montdieu, elle m'a enfin ouvert son cœur: elle devait réunir cinq hommes de différentes époques, morts ou considérés comme tels -et ceci est fondamental- dans un lieu connu d'elle seule...et bientôt de vous. De ces hommes, elle ne m'a rien dit ou presque, excepté qu'ils avaient tous **l'esprit ouvert**, ce sont ses termes, et que l'on devait conserver la mémoire de leur vie. Par écrit. Elle m'a chargé de rechercher et d'acheter en son nom les demeures où ils avaient vécu, afin disait-elle, de conserver leurs traces de vie... Je ne vous cache pas que j'étais troublé, car si Irina disait vrai, ces hommes qui n'étaient plus vivants, n'étaient pas davantage morts. Elle a refusé de m'en dire plus, seule une autre personne aurait accès à l'ensemble des*

données. Pour écrire ces vies et les garder à tout jamais. Vous, Monsieur Molotov.
- *Moi ? Pourquoi moi ?*
- *Parce que vous avez sauvé la petite fille d'Irina dans des circonstances pour le moins étranges (12) et que cette petite fille lui était infiniment précieuse. Irina vous suit avec intérêt depuis cette époque et elle a décidé de vous léguer sa fortune et ses biens à la seule condition que vous soyez celui qui écrirait et garderait l'histoire et la mémoire de ces hommes, qui concentraient en eux une petite partie de l'humanité.*
- *Comment dois-je faire pour accepter tout cela ?*
- *C'est très simple, Monsieur Molotov. Dans cette lettre cachetée se trouvent toutes les indications concernant le lieu secret où vous devez vous rendre, ainsi que le descriptif complet de votre...appelons cela ...mission. Si vous l'ouvrez, je considérerai que vous acceptez. A partir de ce moment, je vous délivrerai les titres de propriété de vos nouveaux biens et je procéderai au virement des fonds sur votre compte bancaire. C'est très simple, voyez-vous.*
- *Mais je pourrais très bien simuler et garder pour moi cette fortune sans*

respecter mon engagement...
- *Irina était persuadée que vous êtes un homme qui tient ses engagements. Mais elle était aussi prudente. Vous le constaterez sur place.*

Je sais désormais tout ce qu'il m'est nécessaire de savoir. J'hésite une poignée de secondes et mes doigts tremblants se posent sur la grande enveloppe kraft. Un soupir. Je la saisis de la main gauche et d'un coup, je la décachette. En acceptant l'héritage de la princesse Irina et sa condition, je deviens d'un coup potentiellement très riche et très perplexe sur ce que j'ai à réaliser...Je repense à la fille de la forêt, en Norvège, qui s'était évaporée après m'avoir fait tué un ours avec un coutelas d'ivoire *(12)*. Ce sublime souvenir, les yeux de la fille surtout, me font enfin sourire et mes mâchoires se décrispent.

***

17 septembre 2009

L'endroit me laisse sans voix. Un vallon verdoyant désaltéré par un ruisseau d'eau claire qui donne envie d'arrêter le vin. C'est dire. Pour arriver là, j'ai enfourché ma vielle XT 500, une moto de la fin des années soixante-dix, fiable et rustique, seule monture digne de ce périple. La lettre d'Irina précisait que je devais m'arrêter face à l'abbaye, ou du moins ce qui en restait, et m'imprégner de la majesté du lieu. Une foule de sensations m'envahit, la certitude d'arriver dans un endroit de paix et de profondeur. J'écoute le silence. Mon silence. Et naturellement, comme guidé par un fil invisible, je contourne les anciens bâtiments encore debout et j'arrive au bout d'une prairie qu'un vent léger ébouriffe. Rien. Ni personne. J'ai soudain le sentiment que l'on m'observe et je me retourne pour croiser le regard aigu d'un homme à la stature impressionnante.

- *Je vous attendais. Depuis presque neuf siècles...la dame m'a longuement parlé de vous.*
- *Vous parlez d'Irina ?*
- *Oui, la princesse Irina. Elle m'a ordonné de vous tuer si vous n'étiez pas celui que nous attendions.*

De la manche de sa cape de laine jaillit un stylet au tranchant effilé.

- *Je crois être celui-là. J'en suis même sûr.*

L'homme me scrute de longues minutes, puis il rengaine la lame.

- *Je le crois aussi. Mais j'en serai certain bientôt. Venez.*

Il me précède sur quelques mètres et m'indique un carré sombre dans l'herbe, caché sous un vieux saule. Il soulève la trappe de bois qui donne sur un escalier de pierre. J'entre. La salle voûtée renferme peu de meubles mais c'est la table qui attire mon regard, la table autour de laquelle quatre hommes assis me dévisagent. Le cinquième, celui qui m'a accueilli, vient se joindre à eux. Je reste là, seul au milieu de la pièce quand un frôlement me fait me retourner. A trois mètres de moi, un énorme loup gris me fixe, les crocs découverts. Une goutte de sueur perle sur ma tempe, je réalise soudain que je n'ai aucune chance de survie face à un animal si puissant. Il s'approche, et s'approche encore, à me flairer. Les cinq hommes observent la scène sans mot dire. Le loup s'assoit et me lèche la main. L'homme à la cape se lève d'un bond et me crie:

- *Tu es bien celui que nous attendions. Sois le bienvenu. Et viens donc t'asseoir à notre table, j'ai des choses à te dire, des choses à t'expliquer, nous en avons pour quelques heures. Je m'appelle Horace et voici ceux dont tu auras l'honneur de retranscrire les vies...*

Je fais la connaissance de Minoru, de Milton, de Jack et du soldat sans nom. Le loup me quémande quelques brins de nourriture et Horace me parle longuement. D'Irina, de son but, de la sphère glacée qui trône au fond de la salle. Chaque nuit, Horace va y dormir, et chaque matin il constate qu'il n'a pas vieilli. Il en est de même pour les autres arrivants et pour le loup. Horace ne s'explique pas ce miracle, pas plus qu'Irina. Elle lui a simplement dit qu'elle s'était réveillée un matin avec la nécessité dans la tête de le retrouver, lui Horace et ses compagnons. Tout semblait venir de la sphère, et personne n'était capable de savoir pourquoi. Je me lève de table, le loup à mes côtés. Je marche vers l'objet de métal d'un pas lent. Soudain, la surface s'ouvre et j'entre, sans craintes. A l'intérieur, hormis les couchages destinés à mes hôtes, il n'y a rien. Rien qu'un souffle léger qui me glisse dans la conscience que tout cela n'est ni bien, ni mal. Juste une nécessité. A cet instant, j'ai le sentiment que la sphère creuse n'est que la mémoire du monde, la grande bibliothèque où les vies des hommes sont racontées par les poètes, les mages et les rêveurs. Je rejoins la table, toujours escorté du loup, je sors mon carnet couvert de notes, un stylo à l'encre frétillante et je regarde Minoru dans les yeux. Il sourit, humble et serein, puis il commence à parler. Je prends des notes toute la nuit, sur chacun d'entre eux et le sommeil me surprend, m'écrasant la tête sur la table, merveilleux oreiller de bois. Le loup, couché à mes pieds, garde mon sommeil et mes rêves.

Esthétique du cambouis

Hors du temps

Je n'ai pas trahi mes rêves d'enfant. Et j'en suis fier. Les songes construits alors se sont réalisés et je sais maintenant qu'il y a deux façons d'avoir les mains sales. La première, ne rien faire en regardant le monde qui crie, et aborder la vie de façon raisonnable, en fermant les yeux aux beautés trop crues et dérangeantes des poésies quotidiennes.
La seconde, plonger avec délice dans les entrailles d'un monocylindre repu de sa gloire passée. On peut lire dans les yeux de ses soupapes brillantes la nostalgie de Monza ou de l'Ile de Man, les antiques vibrations procurées par des records du tour plein de sueur et de trouille. Cette seconde manière est une manière propre de se salir les mains. A condition qu'une fois le moteur réglé, on s'ouvre à d'autres réalités. Mes expériences passées ont empilé les cicatrices sur mes certitudes, les dénudant au sang, sans jamais me faire douter de la vie, de cette vie qui s'insinue partout sous de multiples formes. Si l'on sait rester suffisamment naïf face aux appâts du monde, les temps et les lieux s'effacent, des portes s'entrouvrent qu'il faut ouvrir. La clef de quatorze posée sur l'établi, je peux aller retrouver Milton et Jack, Minoru et

Maître Horace ou le soldat sans nom. Là bas, certaines nuits, l'ombre d'un grand loup glisse sous les arbres. Ne craignez rien, ce n'est qu'une ombre qui file sous la lune. Au creux du val de Montdieu, le temps qui passe et l'herbe douce, la pluie du ciel et l'eau qui coule ont su bâtir un havre. Là-bas, des mémoires secrètes s'enroulent en spirale autour d'invisibles piliers. Et les mots qui s'écrivent parlent de la vie des hommes, enchâssée à la terre par les crocs de l'amour.

FIN

Notes de bas de page

(1) Voir la nouvelle «Communion mortelle » dans « Historiettes », livre de l'auteur paru chez B.O.D en 2009.

(2) Complies: Dernière prière de la journée pour les moines, après le coucher du soleil.

(3) Ronin: Samouraï sans maître. Le ronin pouvait vendre ses services comme mercenaire, garde du corps.

(4) Dojo: Salle d'art martial.

(5) Ryu: Ecole traditionnelle de Budo.

(6) Senseï: Maître de Budo.

(7) Heure du lièvre: Entre cinq et sept heures du matin.

(8) Obi: ceinture du kimono.

(9) Kamis: Esprits attachés à la nature dans le shintoïsme.

(10) Mohawk: Peuple amérindien du Nord-Est des EtatsUnis.

(11) Adirondacks: Massif montagneux du nord-est des Etats-Unis.

(12) Voir la nouvelle «Une rencontre» dans « Huit nouvelles d'ailleurs », livre de l'auteur paru chez Le Manuscrit en 2001.

Sommaire

Un héritage (1)
....*p 7*

L'homme au bâton ferré
....*p 15*

Il neige
....*p 31*

Le quadrille de la grenade
....*p 39*

Echafaudages
....*p 49*

Un héritage (2)
....*p 61*

Esthétique du cambouis
....*p 75*

Vous avez aimé ce livre ? Vous pouvez retrouver les livres du même auteur sur le site www.bod.fr ou www.ge29.fr ainsi que sur les librairies en ligne et bien évidemment sur commande chez votre libraire indépendant préféré.

*Achevé d'imprimer au mois d'août 2010
par Books on Demand GmbH, Norderstedt, Allemagne.*